MÄNNER UND ANDERE WIEDRIGKEITEN

WEIBERGESCHICHTEN

von

Gabriele Kroll

Inhalt

FÜR UTE, MEINE HERZENSSCHWESTER

Prolog

An manchen Tagen habe ich das Gefühl, ein höheres Wesen schaut von seinem Platz auf einem Sternenstral, auf welchem es genüsslich wippt, auf mich herab. Schaut zu, wie ich vor mich hinkrabbel, gleich einer Waldameise, und macht sich einen Spaß daraus, mir Felsbrocken in den Weg zu werfen. Lacht sich kaputt darüber, wie ich versuche, darüber zu gelangen, wie ich mich mühe und quäle. Wie ich einen Weg darunter hinweg suche. Reibt sich zufrieden die Hände, wenn ich endlich auf die Idee komme, den Weg um den Brocken zu nehmen. Vermutlich ist das Wesen männlich, mit breiten Schultern, wallendem dunkelbraunem Haar und Schalk in den grünen Augen, denn die größten Stolperfallen meines Lebens waren immer Männer. Nie hat eine Frau mich so belogen, enttäuscht oder verraten, nie mir so weh getan oder mich bis ins Herz verletzt.

Manche Begegnungen und Ereignisse meines Lebens lassen mich zweifeln und grübeln, nach dem Sinn fragen und kaum glauben, dass es mir passiert. An manchen Tagen verfluche ich dieses Wesen, gebe ihm die übelsten Schimpfnamen und wünsche ihm die Pest an den Hals. Aber manchmal muss ich auch lachen über seinen perfiden Humor und bewundere seinen Einfallsreichtum. Ich dreh ihm eine Nase, wenn ich den Weg um den Brocken herum bewältigt habe und gehe ein Stück Weg geradeaus und ohne Hindernisse. Mit stolz erhobenem Kopf. Diese Wegstücke sind die schönsten in meinem Leben, aber die Bezwingung der Felsbrocken haben mir auch gezeigt, das aus ihrer Bewältigung eine innere Kraft erwachsen ist, die mich zu dem gemacht hat, was ich heute bin.
Eine selbstbewusste und glückliche Frau.

Der Kobold

Ich stell mir vor, ich stehe am Fenster und schaue hinaus.
Ich stell mir vor, ich sehe verschneite Baumwipfel. Misteln
krallen sich in den oberen Zweigen der Bäume fest. Ein Park
weit unten und in der Ferne ein Fluss. Eisschollen treiben
darauf und es scheint, als ob die Enten an seinem Ufer vor
Kälte festgefroren sind. Ein Jogger läuft den Weg am Fluss
entlang, sein Atem weht als weißes Wolke vor ihm her und ein
sich sträubender Hund wird von einem Mann in grüner Jacke
hinter sich her gezogen.
In der Ferne die Zinnen und den Turm einer Burg, bedeckt mit
dicken Schneemützen.

Ich kann mir das alles vorstellen, weil mir dieser Blick vertraut
ist. Zu jeder Tages-oder Nachtzeit und von Winter bis Sommer
ist er mir vertraut. Ich stand so oft an diesem Fenster, habe
nachts die blinkenden Positionslichter der Flugzeuge beim
Landeanflug auf den Flughafen beobachtet. Oder einem
balzenden Taubenpaar am frühen Morgen amüsiert zugeschaut
und die ersten grünen Spitzen der Ahornbäume im Frühling
bemerkt.
Ich spüre, wie sich kräftige Arme von hinten um meine Hüften
legen. Eine breite, kräftige Brust lässt mich gut anlehnen. Die
rotblonden Härchen auf den Armen habe ich von Anfang an
gemocht.
Ich streiche zärtlich darüber und merke, wie es mich erregt.
Langsam drehe ich mich herum und sehe in ein ovales Gesicht,
in kühle grüne Augen.
Der erste Blick in diese Augen traf mich wie ein Blitzschlag.
Nichts war geplant, nichts hatte mich auf diese Macht
vorbereitet. Ich fühlte mit der ersten Berührung all das, was

kitschige Romane beschreiben.

Eine Bekannte gab eine Party und ein mit mir befreundetes
Paar fragte mich, ob ich nicht Lust hätte, mitzukommen. Fast
ein Jahr lang hatte ich mich in mir selbst verkrochen, hatte
versucht, diese Zeit zu vergessen und zu verarbeiten, die hinter
mir lag. Diese Zeit voller Gewalt und Demütigung, in der ich
mich fast selbst aufgegeben hatte. Ich hatte schon befürchte,
dieses Gefühl von Wertlosigkeit und die Angst, am Leben zu
scheitern nicht zu bewältigen, doch es war mir gelungen. Hatte
mit Hilfe meiner wundervollen Familie, meiner treuen Freunde
und lieber Menschen ein selbstbestimmtes und freies Leben
begonnen, das mich glücklich und stolz machte. Langsam
fühlte ich mich wieder bereit, mein Schneckenhaus zu
verlassen. Zumindest hatte ich wieder Lust auszugehen, zu
tanzen und zu flirten.
Die Party war ein voller Erfolg. Als ich mich in einer
Tanzpause erschöpft auf die Couch fallen ließ und mir mein
Tanzpartner einen Drink von der Bar holte, saß er mir
gegenüber und lächelte schüchtern.

Ich stell mir ein Aufleuchten in den kühlen Augen vor. Ein
Anflug von Begehren.
Schmale Lippen nähern sich meinem wartenden Mund. Der
erste Kuss ist hart und kurz. Ich schmiege mich in die starken
Arme. Der nächste Kuss ist lang und intensiv. Warme raue
Hände legen sich um mein Gesicht, eine süße Zunge erforscht
meinen Mund. Meine Knie werden weich wie Wattewolken.

Wir telefonierten jeden Abend stundenlang und verabredeten
uns für das nächste Wochenende bei ihm.Wenigstens sind wir
noch so weit gekommen uns „Guten Tag" zu wünschen, bevor

wir zuerst auf der weichen schwarzen Ledercouch und anschließend im Bett landeten.

Die Zeit mit ihm war wundervoll. Wir waren jedes Wochenende zusammen, wanderten, sahen uns Sehenswürdigkeiten an, führten lange Gespräche über Gott und die Welt, genossen unsere Zweisamkeit.

Wir fielen übereinander her, kaum das sich die Wohnungstür hinter mir geschlossen hatte, hinter der er, nur mit einem Handtuch um die Hüften geschlungen, schon freudig erregt auf mich wartete. Liebten uns morgens nach dem Aufwachen, mittags, abends und nachts. Hörten nur auf, wenn wir vor Erschöpfung nicht mehr konnten. Ich hatte noch sie solche Lust empfunden. Er war mein Kobold, mit seinen frechen Sprüchen, den verrückten Ideen und seiner dreckigen Lache. Ich mochte es, wenn ich morgens wach wurde und er schon am Schreibtisch arbeitete, ihn zart auf den Nacken zu küssen. Seinen Duft einzuatmen, der ein bisschen wie ein Baby, nach Schlaf und einem Hauch Parfum roch. Zu sehen, wie ein flüchtiges Lächeln über sein Gesicht huschte, ließ mich den Tag glücklich beginnen.

Aber immer war da seine kühle Distanz, diese Zurückhaltung, wenn es darum ging, Gefühle zu zeigen. Nie nahm er mich einfach mal in den Arm, griff spontan nach meiner Hand, sagte mir, das er Sehnsucht nach mir hat. Außerhalb des Bettes waren ihm meine kleinen zärtlichen Annäherungen offenbar unangenehm. Er stellte mich weder seinen Eltern vor, noch lernte ich einen seiner Freunde kennen. Immer hatte ich das Gefühl, dass er ängstlich zurückschreckte, wenn ich ihm emotional zu nahe kam und auch nach Monaten gelang es mir nicht, in diese Eiswand , die sich zwischen uns befand, auch nur den kleinsten Riss zu tauen.

Ich stell mir ein Schlafzimmer vor. Grüne Wände. Ein breites Metallbett. Küsse, die immer drängender werden. Ich schnurre vor Lust wie eine Katze.

Durch meine Kleidung werde ich gestreichelt und kann es kaum erwarten, diese Hände auf meiner nackten Haut zu spüren. Gierig ziehe ich ihm sein T-Shirt aus und lasse meine Hände über die breite, haarlose Brust gleiten, über den Rücken und diese unglaublich zarte Haut an den Seiten. Seine enge Jeans kann sein Begehren nicht verbergen, ich streichle und drücke zärtlich seinen knallharten Schwanz durch den Stoff. Sein Atem wird immer schneller und ich fühle sein Herz wie rasend klopfen. Mein Kleid wird mir über den Kopf gezogen. Seine Hände streicheln meine Brüste zuerst zärtlich und dann knetet er sie liebevoll. Meine Nippel sind wie Kirschknospen und er saugt daran und beißt vorsichtig hinein.

Mein Höschen wird mir fast vom Leib gerissen und ich versuche mit zitternden Fingern, seinen Gürtel und die Knöpfe seiner Jeans zu öffnen.

Ich begann mich zu fragen, was mit mir nicht stimmte. Warum ich nicht so heiß und bedingungslos zurück geliebt wurde. War ich nicht schön genug? Waren die Gespräche mit mir nicht interessant? Selbstzweifel begannen an mir zu nagen wie Ratten . Warum verloren andere Männer meinetwegen komplett den Verstand und entwickelten sich zu Primaten und er blieb beherrscht, kontrolliert und kühl?

Verlangte ich zu viel, wenn ich mich in meinen Gefühlen zu ihm reflektiert sehen wollte, wenn ich dass, was ich fühlte bei ihm auch spüren wollte? Wollte ihm mehr sein als eine willige Bettgespielin, verfügbar und bequem. Mich nicht so benutzt fühlen. Meine Unzufriedenheit wuchs mit der Zeit und ließ mich nicht mehr los.

Ich flog mit meiner Schwester in den lange geplanten Urlaub und ließ alle Sorgen und Fragen für den Augenblick hinter mir. Gut erholt, zart gebräunt und voller schöner Erlebnisse, sehnte ich nach meiner Rückkehr unser Treffen am Wochenende herbei.
Wir saßen auf der Ledercouch, tranken Wein und hörten Musik. Es brannten nur einige Kerzen auf dem Fenstersims und tauchten sein Gesicht in sanftes Licht. Ich fand den Moment so bezaubernd, dass ich ihm zum ersten Mal sagte, das ich ihn liebe.

Ich stell mir zwei Körper vor.
Nackt und sich unglaubliche Lust bereitend.
Zärtliches Streicheln, wilde Ritte, Zungen und Lippen. Kaum zu stillende Begierde. Lustvolles Stöhnen und geflüsterte Worte.
Vertrautheit ohne Scham.

Ich registrierte erst einige Momente später, das er schwieg. Kein Wort. Mich nur mit diesem merkwürdig überrumpeltem und gequälten Gesichtsausdruck ansah wie das Kaninchen die Schlange.
Ich wartete erstaunt auf eine Antwort. Vergeblich.
" Liebst du mich denn auch?"fragte ich, als ich nicht mehr länger warten wollte.
Sein „Nein" traf mich wie ein Fausthieb in den Magen.
Ich ging. Griff blind nach meiner Tasche und dem Autoschlüssel.
Keine Ahnung, wie ich nach Hause fuhr. Ich stellte die Scheibenwischer an bis ich merkte, dass es gar nicht regnete, sondern mir die Tränen wie kleine Wasserfälle über das Gesicht

liefen.

Ich stell mir zwei Körper vor.
Erhitzt und erschöpft.
Nackt und friedvoll nebeneinander liegend.
Hände, die ineinander verschlungen sind.
Die nicht voneinander lassen können. Die erneut beginnen, sich zu streicheln.

Wochenlang weinte ich. Ich weinte, wenn ich morgens aufwachte, weinte auf der Fahrt zur Arbeit und auf dem Heimweg, weinte jede Nacht, bis ich vor Erschöpfung einschlief. Es war erstaunlich, wie viel Tränenflüssigkeit mein Körper produzieren konnte. Lief nur noch mit verquollenem Gesicht herum. Bei mitleidigen Fragen faselte ich was von Heuschnupfen. Konnte kaum noch essen und kam unfreiwillig auf mein Idealgewicht.
Ich vermisste ihn so unendlich, fühlte mich wie aus der Welt gepurzelt. Unsere Abenteuer und Gespräche, unsere Ausflüge und Reisen, seine freche Lache und seine wilde, unersättliche Begierde.
Sollte ich nie mehr über die Härchen auf seinen Armen streicheln, nie mehr seinen knackigen Hintern in meine Hände nehmen ?
Dazu kam eine unglaublich brodelnde Wut in mir. Dieser Arsch, wie konnte er mich nicht lieben? War ich doch von allen weiblichen Wesen dieser Welt das einzig perfekte, nur von meiner Schwester Tamara fast erreicht. Ich bot ihm etwas auf einem Silbertablett dar, von dem andere Männer nur träumten, legte ihm mein Herz voller Liebe zu Füßen und er ließ es da liegen, blutend, frierend, einsam und in tausend Scherben zersprungen. Dann sollte er es doch bleiben lassen und alleine

versauern, was war sein Leben schon ohne den Spaßfaktor den ich bot, meinem Einfallsreichtums, meinem Temperament und meinen körperlichen Vorzügen.

Irgendwann kam ich zu der Erkenntnis, das Ablenkung die beste Medizin ist. Ich erklärte mich nicht mehr bereit, noch mehr Tränenflüssigkeit zu produzieren, leckte meine Wunden und umwickelte die Splitter meines zerbrochenen Herzens mit Klebestreifen der Verdrängung. Ging wieder mit Freunden aus, die sicher auch froh waren, dass meine Jammer- und - Heulphase endlich vorbei war.

Ich lernte Monate später einen anderen Mann kennen und führe mit ihm eine wundervolle Beziehung.

Er zeigt mir seine Gefühle, steht dazu, mich anzubeten und lässt mich immer aufs neue fühlen, dass ich für ihn die Eine und etwas ganz Besonderes bin. Mein gebrochenes Herz heilte unter seinen Zärtlichkeiten und ich gab den Selbstschutz meines Seelen-Schneckenhauses auf, verliebte mich vorbehaltlos in ihn, öffnete bereitwillig meine Seele, mein Herz und meinen Schoß für ihn.

Sieben Monate später, kurz vor Jahresende, sah ich in meinem Postfach die E-Mails durch und war erstaunt über Post von meinem Kobold. Dachte an Grüße zum neuen Jahr. Was ich las konnte ich im ersten Moment nicht begreifen.

Er schrieb, er vermisse mich und unsere schöne gemeinsame Zeit, mein Lachen und das Strahlen in meinen Augen. Er hätte Zeit gebraucht, um sich über seine Gefühle für mich klar zu werden. Bedauerte, so dumm und feige gewesen zu sein, mir seine Liebe nicht offenbart zu haben und ob es noch eine Chance für uns gebe. Ja, er liebe mich. Hätte nur immer, aus Angst verletzt zu werden, sein Herz nicht geöffnet. Bat mich, zu ihm zurückzukommen.

Ich stell mir vor, ich stehe am Fenster und schaue hinaus.
Ich stell mir vor, ich sehe verschneite Baumwipfel. Einen Park
weit unten, einen Flusslauf und die Zinnen einer Burg.
Ich stell mir starke Arme vor, die mich zärtlich umfassen, Arme
mit rotblonden Härchen.
Manchmal stell ich es mir vor.

Trugschluss

Meine Freundin Claudi hatte doch tatsächlich vor, zu heiraten.
Nachdem sie, mehr oder weniger glücklich, schon zehn Jahre
mit ihrem Prinzen zusammengelebt hatte, wollte sie es sich
tatsächlich antun. Ich konnte nur milde lächeln, war ich zu
dieser Zeit bereits das zweite Mal geschieden und wusste, das
sich alle Prinzen nach der Hochzeit ganz schnell wieder in
Frösche verwandelten, schlimmer noch, in Kaulquappen im
Frühstadium.
Eine Traumhochzeit sollte es werden, im Wonnemonat Mai,
mit Sektfrühstück, weißer Kutsche, Tanz und einer Party am
Abend, zu der mehr Gäste kommen sollten als zu einem
Staatsbankett.
Um sich den Traum von einem Designerkleid ihrer
Lieblingsdesignerin Evi Brend erfüllen zu können, welches
nicht größer als Größe 38 ausfallen sollte, hatte meine liebste
Freundin schon Monate vorher den geschätzten zehn Kilo
Übergewicht, die sie von diesem Traum in cremeweiß
trennten, eisern den Kampf angesagt.
Auch für mich stellte sich die Frage, welches meiner Kleider
ich zu diesem Anlass tragen würde und wie das bei Frauen so
ist, ich stellte fest, das ich einen ganzen Schrank voll von
„Nichts Anzuziehen" hatte.
„Und dann haben wir da noch etwas sehr Elegantes in ihrer
Größe",meinte die beflissene Verkäuferin zu mir. Ich wurde
blass um die Nase wie eine Käsemade, als ich das sackartige
schwarze Ungetüm sah, das sie mir hinhielt. Die Pailetten
darauf schienen mich höhnisch anzufunkeln. Ich hatte von
einem Hauch   aus zartem Stoff mit Sommerblüten darauf
geträumt, und nicht von diesem Kartoffelsack in
dunkelschwarz, das würde ich nicht mal zu einer Beerdigung

anziehen. „In großen Größen ist unsere Auswahl an Festmode leider etwas begrenzt. Eine Alternative wäre noch, bei „Trulla Poppig" nachzuschauen." Die grätendünne Verkäuferin sah mich, wie mir schien, schadenfroh an. Was war ich auch so dick, wo das doch unmodern, ungesund und wenig begehrenswert war.

Wer, verdammt noch mal, schrieb uns Frauen überhaupt vor, schlank zu sein? Und was war schlank, ab welcher Kleidergröße war Frau dick? Vor fünfzig Jahren war meine derzeitige Kleidergröße noch die Erstrebenswerte, heute musste ich schon in Geschäften für Übergrößen einkaufen. Marilyn Monroe würde heutzutage wahrscheinlich nicht einen Film drehen, weil sie als fette Schnepfe ungeeignet für das Filmgeschäft wäre. Die abgehungerten Klappergestelle auf den Laufstegen dieser Welt erregten bei mir tiefes Mitleid. Da waren ja die armen Menschen aus den Hungerregionen der Erde fast noch wohlgenährt. Welche kranken Modeschöpferhirne fanden es gut aussehend, kostbare Stoffe um Besenstiele zu wickeln?
Und doch war ich so schwach, mich diesem Diktat nach mageren Hüften, knochigen Schultern und Ärschlein wie Kaffeebohnen zu beugen, mich von diesem Wahn beeinflussen und diktieren zu lassen.

Am Boden zerstört verließ ich diesen miesen Laden für Bulimiekundinnen und gönnte mir erst mal einen Kaffee. Okay, jetzt bloß nicht panisch werden. Mir blieben immerhin noch vier Monate, um mir den Traum vom Blütenfummel zu erfüllen. Ab heute war Schluss mit Kuchen, Eis , Schokolade und all den köstlichen Kalorienbomben, die mir sonst das Leben versüßten. Keine Chips mehr, keine Spagetti mit

Sahnesoße, keine Pommes und was der Sünden noch so alles waren. Ab heute hieß die Mission: Pummelfee ade !

Und es war ganz einfach nicht zu sündigen! Drei Tage lang. Dann hatte meine Kollegin Loni Geburtstag und lud uns zum Frühstück ein. Lachsbrötchen, Honigmelone mit Parmaschinken, selbst gemachte Konfitüren und was der Köstlichkeiten da noch angeboten wurden, das wäre Göttinnen würdig gewesen. Mann, hatte ich einen Hunger nach dem ganzen Grünzeug der letzten Tage Was konnte es schaden, ein dünn belegtes Brötchen mit ein wenig Käse zu genießen? Nach drei Brötchen, Obst und einem Sahnetrüffel fühlte ich mich rundum satt und zufrieden. Das schlechte Gewissen plagte mich zwar etwas, doch ich nahm mir ganz fest vor, ab morgen standhaft zu bleiben.

Nach einer Woche harter Selbstdisziplin stieg ich am Sonntag Morgen im Evaskostüm auf die Waage. Ein Kilo weniger zeigte mir meine ärgste Feindin heute an. Ich vollführt einen kleinen rituellen Tanz durchs Schlafzimmer und belohnte mich mit einem duftenden Schaumbad.

Die zweite Woche der Mission begann und ich wurde langsam etwas missmutig. Immer nur Gemüse und Salat. Ich befürchtete schon, irgendwann, wenn ich den Mund aufmachte, zu meckern wie eine Ziege von dem ganzen Grünzeug. Ich hatte solche Lust auf ein Stück Schokolade. Da musste doch noch irgendwo eine Reservetafel sein, für schlechte Zeiten im Kleiderschrank versteckt. Dummerweise fiel mir erst ein, dass ich in weiser Voraussicht solcher Momente alle Reserven an mein Kind verschenkt hatte, als der Schrank einem explodiertem Sofakissen glich. Ich räumte ihn ganz sorgfältig und langsam wieder auf. Beschäftigung tut gut und lenkt ab. Sogar nach Farben sortierte ich die Shirts und Pullover, die dunklen ganz nach unten.

Meine Lust auf Schokolade hatte sich kein bisschen gelegt. Im Küchenschrank ganz hinten fand ich das Nutellaglas. Nachdem ich voller Gier etwa ein Drittel des Glases leer gefressen hatte, überfiel mich das rabenschwarze schlechte Gewissen. War ich denn wirklich nicht in der Lage zu etwas Selbstbeherrschung? Nie würde ich mein Ziel von einer schlanken Figur erreichen, wenn ich so wenig Kontrolle über meine niedersten Gelüste hatte. Ich heulte. Aber nicht lange. Dann wurde mir schlecht und ich übergab das Nutella meiner Sanitärkeramik.

Auf Phasen eiserner Disziplin folgten auch immer wieder Entgleisungen. So mussten die Reste der Marzipan-Rohmasse von Weihnachten aus der hintersten Küchenschrankecke ebenso dran glauben, wie die Zuckerperlen zur Tortendekoration. Auch ein Müsli-Riegel, der schon monatelang ein unbemerktes Dasein in meiner Handtasche fristete, fiel meiner Gier zum Opfer. Aber mein Wille zum Sieg war trotzdem ungebrochen.

Vier Wochen später zeigte die Waage schon fünf Kilo weniger. Langsam bekam ich meine Gelüste in den Griff und blieb, bis auf wenige kleine Ausrutscher, standhaft. Tägliches Walking und zwei mal pro Woche tausend Meter Schwimmen trugen das Ihre zur Figuroptimierung bei.

Eine Woche vor dem großen Ereignis fuhr ich in die Stadt, um mir ein Kleid zu kaufen. Ich hatte fünfzehn Kilo abgenommen und meine Selbstgeißelung sollte heute belohnt werden. In einer kleinen Boutique in der Spandauer Altstadt wurde ich fündig. Pinkfarbene und rosa Dalienblüten leuchteten auf zartem Chiffon. Ein tiefer Ausschnitt brachte mein Dekolleté gekonnt zur Geltung und ein weich fließender Rock umschmeichelte meine langen Beine. Keine mitleidigen Verkäuferinnenblicke mehr. Ich strahlte. Das war es, mein Traumkleid.

Die Hochzeit war DAS Ereignis. Meine Claudi sah umwerfend aus . Ihr ärmelloses Kleid war wie eine Tulpenblüte geschnitten und brachte ihre schlanken Arme vorteilhaft zur Geltung. Das lange dunkle Haar war streng zurück frisiert, hochgesteckt und mit Perlen verziert. Ich hatte nie eine schönere Braut gesehen.

Das Wetter spielte mit und ließ die Gäste die abendliche Party im Garten genießen. Ich traf alte Bekannte, denen man zu jeder größeren Familienfeier wieder begegnet. Mit Freunden und Familienangehörige von Braut und Bräutigam tauschte man Neuigkeiten und Klatsch aus, es wurde gescherzt, gelacht und getrunken, Reden wurden geredet und Gläser erhoben.

Und dann sah ich ihn.

Er gehörte weder zum Freundeskreis noch zur Familie, die waren mir alle, bis zur Schwippschwägerin hin, seit Jahren vertraut. Also blieben nur Kollegen der Beiden. An der Bar stehend, ließ er sich gerade ein Glas Weißwein geben. Er sah umwerfend aus. Nicht sehr groß und kräftig gebaut, strahlte er eine angenehme Gelassenheit aus. Sein Haar war sehr kurz geschnitten, so das man nicht genau sagen konnte, welche Farbe es hatte. Aber seine nur leicht gebräunte Haut und einige Sommersprossen in dem ovalen Gesicht und auf den Armen ließen mich annehmen, das er dunkelblond war. Er trug sein elegantes Hemd und eine Edeljeans mit eleganter Lässigkeit und seine modischen Schuhe sahen teuer aus. Sollte dieses

Prachtexemplar etwa mit Gemahlin hier sein, kam es mir plötzlich in den Sinn. Aber auch nach einiger Zeit tauchte keine zu ihm gehörige Partnerin auf. Mir fiel auf, das er sich nur mit einigen von Claudis Kollegen unterhielt und die anderen Gäste nicht zu kennen schien. Das ließ mich vermuten, das er zu ihrem Kollegenkreis gehörte, von dem ich nur einige flüchtig kannte. Ich schlenderte wie zufällig zur Bar und stellte mich neben ihn. „Ich glaube, ich nehme auch einen Weißwein", sagte ich halb an die Bedienung halb an ihn gewandt."Ist der denn zu empfehlen?"fragte ich ihn nun ganz direkt, wohl wissend, das Claudi immer einen ausgezeichneten Pinot Grigio ausschenkte. „Ja er ist köstlich", war seine Antwort und dunkelgrüne Augen musterten mich diskret. Wir kamen ins Gespräch und ich erfuhr, dass er ein neuer Kollege der Braut war, der erst seit drei Monaten mit ihr zusammenarbeitete. Ich schlug ihm vor, ihm den Garten und die Umgebung zu zeigen und wir machten einen kleinen Rundgang. Dann wurde das Buffet eröffnet und die Gäste langten ordentlich zu. Auch er füllte seinen Teller mit allerlei köstlichen Dingen, bei deren bloßem Anblick ich schon glaubte, augenblicklich ein Kilo Hüftgold mehr zu verspüren. Da ich nicht gleich wieder die erst kürzlich mühsam errungene schlanke Linie gefährden wollte, tat ich mir nur etwa Eisbergsalat auf. Sein Blick streifte amüsiert meine karge Mahlzeit, aber er sagte nichts.

Mit unseren Tellern und Gläsern in der Hand suchten wir uns ein Plätzchen in einer Ecke des weitläufigen Gartens und machten es uns dort in einer gemütlichen Sitzecke bequem. Ich fragte ihn nach beruflichen und privaten Dingen und erfuhr zu meiner Freude ganz nebenbei, dass er momentan keine Partnerin hatte. Er war aus Hamburg weggezogen, als ihm eine interessante Stelle in Berlin angeboten wurde und da sein Beruf ihn sehr beanspruchte, hatte sich bisher noch keine Gelegenheit ergeben, jemanden kennen zu lernen. Ich beschloss, dass dieses Prachtexemplar mir nicht entgehen sollte. Gut aussehend, gebildet, und in der Lage, mehr als drei intelligente Sätze hintereinander herauszubringen, bot er mehr, als Frau von den meisten seiner Geschlechtsgenossen erwarten durfte. Ich flirtete mit allem, was Mutter Natur mir in ihrer Güte geschenkt hatte. Strich mein langes Haar verführerisch zurück, ließ meine Zähne beim Lachen blitzen und schenkte ihm meinen schönsten Augenaufschlag aus blauen Unschuldsaugen. Doch die Beute war nicht so willig, wie ich es gerne gehabt hätte. Mir blieb nichts anderes übrig, als zum Frontalangriff überzugehen. Ich fragte ihn, ob er gerne mit mir tanzen würde und er willigte ein. Bei einem langsamen Titel schmiegte ich mich an ihn und warf ihm verführerische Blicke zu. Doch die Beute reagierte noch immer nicht und die Party ging langsam zu Ende. Viele Gäste hatten sich schon verabschiedet und ich hatte bemerkt, wie er verstohlen auf seine Uhr geschaut hatte. Ich hätte doch noch mehr abnehmen sollen, ging es mir durch den Kopf. So gut wie er aussah, setzte er doch sicher bei einer Partnerin eine Traumfigur voraus. Schließlich sagte er mir, dass er nun auch aufbrechen wolle und ich hoffte auf die Bitte auf ein Wiedersehen. Aber nichts passierte und ich war enttäuscht und frustriert. Nahm schließlich all meinen Mut zusammen und fragte ihn, ob wir uns denn mal wiedersehen. Er schaute mich einen Moment an und antwortete dann:" Du bist wirklich sehr nett, aber ich bevorzuge mollige Frauen."

Jugendliebe

Wir kannten uns fast schon eine Ewigkeit, wohnten im selben Provinzstädtchen, sind zusammen zur Schule gegangen. Er war mein Banknachbar ab der siebten Klasse und ich sah aus dem schüchternen Jungen von damals einen gut aussehenden, großen blonden Mann werden, von den Schülerinnen unserer Schule und den Provinzschönheiten heiß umschwärmt. Mich beachtete er gar nicht bei so viel erlesener Auswahl, war ich doch zum damaligen Zeitpunkt gut einen Kopf größer als er, klapperdürr und ohne die geringste Andeutung weiblicher Rundungen. Wir saßen in friedlicher Koexistenz nebeneinander, halfen uns gelegentlich bei Schulproblemen und fanden uns ansonsten ätzend.
Nach dem Ende der Schulzeit begegneten wir uns manchmal im Städtchen, grüßten uns und wechselten das eine oder andere Wort miteinander. Die drei Jahre seiner Armeezeit verlor ich ihn aus den Augen, traf ihn danach vor dem Kino wieder, vor dem er mit einer Gruppe Kumpels stand, die frech pfiffen, als ich näher kam. Ich wollte vorbeigehen, als er meinen Namen rief. „Hallo Marie, wie geht es dir denn? Lange nicht gesehen!"
Er schaute mich an, musterte mich und schien erstaunt. Mittlerweile war er fast einen halben Kopf größer als ich, hatte noch den scheußlichen Armee- Einheitsschnitt und sah trotzdem unverschämt gut aus."Hey danke Micha, mir geht's richtig gut." Auch ich hatte mich verändert, zu meinem Vorteil. Zum Glück war ich nicht weiter in die Länge geschossen, hatte weibliche Rundungen an den dafür vorgesehenen Stellen bekommen und meine vormals storchigen Beine waren die einer Gazelle geworden. Ich glich jetzt mehr einer schlanken Amazone, als einem Besenstiel. Mein mausbraunes Haar hatte ich abgeschnitten und kastanienbraun getönt, was meine

Katzenaugen leuchten ließ. „Mensch Marie, hätte ich damals gewusst, was aus dir mal wird." Er lächelte vielsagend und mein Herz tat einen kleinen Freudenhopser.

Wir heirateten zwei Jahre später, als unser Sohn Steffen schon ein kleiner Keim in mir war. Drei Jahre danach kam Anni zur Welt und dann wurde ich ein Jahr später noch einmal schwanger. Unser kleiner Junge wurde viel zu früh geboren, zart und hilflos wie eine Blüte im Hagelschlag und schaffte es nicht in dieses Leben.

Zum ersten mal fiel ein Schatten auf unsere kleine heile Bilderbuchfamilie.
Ich brauchte viel Zeit, um diesen Verlust zu verschmerzen, aber Michaels Liebe und Fürsorge und die Kinder mit ihrem Lachen halfen mir, wieder Tritt zu fassen.

Wir kauften ein altes Haus von der Stadt und retteten es so vor dem kompletten Verfall und Abriss. Für uns die einzige Möglichkeit auf Wohnraum, der war im Osten so knapp wie Bananen. Wenn mal wieder irgend etwas an Baumaterial zu haben war wurde gebaut. Fenster wurden ausgetauscht, das Dach neu gedeckt, morsche Dielen herausgerissen und Leitungen neu verlegt. Wir arbeiteten hart für unseren kleinen Traum. Die Hilfe von Familie und Freunden war dabei unschätzbar. Die Knappheit vieler Dinge hatte uns Ossis unglaublich erfinderisch und geschickt gemacht, jeder war ein Bastler und Tüftler vor dem Herrn.
Jahrelang lebten wir auf einer Baustelle und als wir endlich fertig waren, ging Steffen schon aufs Gymnasium.
Aber trotz vieler Widrigkeiten und Erschwernisse lebten wir unser Leben. Wir arbeiteten beide und wenn unser Einkommen

auch im Vergleich zu heute lächerlich klein war, reichte es doch für unsere bescheidenen Bedürfnisse. Einmal jährlich war sogar Familienurlaub drin, der uns an den Plattensee, in den Harz, am liebsten jedoch an die Goldsandstrände der Ostsee führte. Immer schon ein Jahr im Voraus meldeten wir uns bei unserer Gastgeberfamilie an und wurden nur deshalb so wohlwollend bedacht, weil die Mutter einer Kollegin dort eine Schwester hatte.

Unsere Ostseeurlaube behielten wir auch nach der Wende bei, als man plötzlich am Strand nicht mehr fast zerquetscht wurde, im Restaurant zwischen mehreren Gerichten wählen konnte und sogar mit freundlicher Aufmerksamkeit bedacht wurde. Wir hatten keine Lust auf die Betonsilos auf Mallorca, die Affenhitze in Tunesien oder Schwedens Einsamkeit.

Wenn uns die Eltern am Wochenende die Kinder abnahmen, fuhren wir zum Baggersee. Wir liebten uns im Schilf oder in seinen sonnenwarmen Fluten. Oder wir trafen uns mit Freunden in der Disco. „Jugendliebe"von Ute Freudenberg war unser Lieblingslied und es wurde uns auch nach vielen Jahren nie über, es zu hören und danach zu tanzen. Mit Anfang zwanzig so jung und unbeschwert, ohne Angst um die Existenz oder das Morgen. Mit der Sehnsucht nach Freiheit im Herzen, die uns dieser Staat nicht zubilligte und bemüht, nichts in Frage zu stellen oder anzuzweifeln. Und doch schon reif und erwachsen, mit zwei Kindern, deren liebevolles Gedeihen uns ein Herzensbedürfnis war und die wir versuchten so zu erziehen, dass sie gute Staatsbürger und trotzdem keine Duckmäuser würden.

Micha machte seinen Meister und ich hielt ihm den Rücken frei, hatte keine beruflichen Ambitionen und war zufrieden mit dem, was ich tat.

Manch einer wird unser Leben langweilig, ereignislos und spießig nennen, aber ich wollte nie etwas anderes. Wollte immer nur meine eingefahrenen Lebenswege gehen,hatte keine Lust auf Veränderungen und Abenteuer. Mir genügte es, mich um meine Lieben zu kümmern und dafür zu sorgen, dass es ihnen gut ging Wenn ich hörte, was in anderen Familien passierte an Tragödien, Trennungen, Krankheiten und Schicksalsschlägen, dankte ich immer im Stillen dafür, von diesen Heimsuchungen verschont zu bleiben.

Klar, die Leidenschaft und das Prickeln waren nicht mehr so wie am Anfang unserer Ehe, aber wir schliefen immer noch gerne miteinander und ich hatte nie einen Anderen als Michael gewollt. Er war mir so vertraut, sein Körper und sein Duft, kleinen Gesten und Gewohnheiten von ihm. Nur sehr selten machte ich mir Gedanken darüber, ob ich noch so attraktiv wie früher war, sah ich mich doch in seinen Augen immer noch als schön gespiegelt und begehrenswert.
Seine Verlässlichkeit und die selbstverständliche Art, mir vieles abzunehmen waren mein Fels in der Brandung, neigte ich doch dazu, in Krisensituationen leicht hektisch zu reagieren. Mit ruhiger Selbstverständlichkeit regelte er die Dinge, deren Erledigung mich manchmal zur Weißglut trieben oder für die ich kein Interesse aufbrachte.

Die Kinder gingen ihrer Wege, studierten in anderen Städten und kamen nun selten nach Hause.
Eine Zeit lang hatte ich ein Gefühl von Leere und Nutzlosigkeit, doch dann fand ich Gefallen an der neuen Freiheit. Ich erschloss mir neue Hobbys, fand endlich die Muße für Handarbeiten und ging regelmäßig Walken und zum

Frauensport.

Zur Silberhochzeit hatte die ganze Familie und die Freunde zusammengelegt und uns mit einer Reise nach New York überrascht. „ Damit ihr endlich mal aus eurem Provinznest raus kommt und was von der Welt seht, bevor der Kistendeckel über euch zuschlägt", meinte Anni lachend, die in München Medizin studierte.

Die Koffer standen gepackt im Flur, ich kontrollierte noch einmal, ob ich nichts vergessen hatte, sah nach Geld, Reiseunterlagen und den Pässen.
Alles war vorhanden, Micha müsste jeden Moment wiederkommen, er wollte nur noch schnell seine Mutter ins Nachbardorf zu ihrer Freundin Hildchen bringen und dann sollte unser Abenteuer beginnen.
Als er nach einer Stunde noch immer nicht zurück war wurde ich unruhig.
Ich versuchte, ihn auf seinem Handy anzurufen, doch erreichte ich ihn nicht. Der Anruf bei Hildchen ergab nur, dass er dort schon lange wieder weggefahren war.

Als die Polizei Stunden später klingelte, sagte mir mein Gefühl, dass etwas Schreckliches passiert sein musste. Mein Magen war wie mit einem Eisklumpen gefüllt.

Der Fahrer des Lastwagens, der auf der Gegenfahrbahn einen geplatzten Reifen hatte, verlor die Kontrolle über sein Fahrzeug und raste mit hoher Geschwindigkeit in Michas Auto. Er war sofort tot.

Ein Wimpernschlag Zeit veränderte mein Leben. Nahm mir mit grausamer, unerbittlicher Faust mein Liebstes. Meinen Mann, den Geliebten, den Vater meiner Kinder, mein Herz.

Man denkt immer, so etwas widerfahre nur den Anderen. Man sei gefeit gegen Kümmernisse, Krankheiten und den Tod. Doch dein Leben passiert, niemand fragt dich und du kannst dir nicht aussuchen, wie es sich gestaltet. Es ist Illusion, dass du die Wahl hast.

Die Zeit bis zur Beerdigung stand ich irgendwie durch. Die Kinder halfen mir bei der Erledigung der Formalitäten.
Nächte ohne Schlaf wurden mit selig taub machenden Tabletten bekämpft und auch am Tag der Beerdigung hüllten sie mich in einen gnädigen Watteschleier.
Meinen Schmerz wollte ich hinaus schreien und sehnte mich danach, zu weinen, aber ein eisiger Ring umschloss mein Herz und versagte mir die reinigenden Tränen.

Die Kinder reisten ab, ungern ließen sie mich alleine. Doch ihre Pflichten riefen sie zurück in ihr Leben.
Ich fand nicht zurück in meins.
Konnte nicht mehr arbeiten und dämmerte unter dem Einfluss der Tabletten vor mich hin. Lag nachts einsam in meinem Bett, in dem mir nun niemand mehr die Füße wärmte oder sich an mich schmiegte und saß tagsüber apathisch auf der Couch.
Kein Gegenüber mehr am Küchentisch, der abends immer unser Lieblingsplatz war. An dem wir oft mit einer Tasse Tee zusammen gesessen hatten, und dem anderen unsere Tageserlebnisse erzählten.

Alles im Haus war Erinnerung an unser gemeinsames Leben, von den schönen Küchenfliesen, die wir zusammen ausgesucht hatten, bis zu dem antiken Dielenschrank im Flur, den wir auf dem Trödelmarkt fanden und gemeinsam aufarbeiteten. Im Badezimmer seine Zahnbürste und sein Rasierer, seine Kleidung im Schrank, die nach ihm duftete, die Tasse mit seinem Namen im Küchenschrank, von Anni vor Jahren liebevoll zu Weihnachten bemalt.

Familie und Freunde verstanden meinen Schmerz, wollten helfen und trösten, wo keine Hilfe und kein Trost irgend etwas änderte. Ich wollte niemanden sehen, nicht hören, dass das Leben weitergeht.

Ich habe den Weg zurück noch nicht wieder gefunden.
Die Besorgnis der Anderen sehe ich in ihren Augen. Mich erkenne ich kaum noch beim Blick in den Spiegel. Kein Glanz mehr in den Augen, abgemagert und mit stumpfem Haar schaut mich eine Fremde an.

Vielleicht gelingt es mir, meinen Schmerz zu verarbeiten, vielleicht werde ich daran zerbrechen.

Aber kein Schmerz der Welt kann mir die gemeinsame Zeit nehmen, das Stück Weg, dass wir zusammen gingen, mir großzügig gewährt von einem höheren Wesen.
In meinem Herzen und in den Gesichtern meiner Kinder bleibt er lebendig.

Und ich bin dankbar, dass ich ihn hatte, meine Jugendliebe.

Sinnvolle Freizeitgestaltung

Heute mach ich mir einen richtig entspannten Nachmittag, ohne Stress und Hausarbeit. Ich habe schon am frühen Nachmittag Feierabend und fahre gut gelaunt nach Hause. Der Kronprinz von Sohn schläft heute bei einem Schulfreund, so dass ich seine Majestät mal nicht zu bedienen brauche.

Ich mache mir eine Tasse Kaffee, lege meine Lieblings-CD in den Player und drapiere mich auf die Couch. Ist das herrlich, dieses Nichtstun. Es könnte endlos fortdauern.

Da bemerke ich an der Zimmerdecke eine Spinne. Wo Spinnen sind, sind ihre hauchdünnen Beutefänger auch nicht weit. Ich lasse meinen Blick wandern und bemerke zu meinem Entsetzen, dass es davon mehr als reichlich an der Decke gibt. Warum habe ich die vorher nicht gesehen? Na, weil ich sonst nur äußerst selten mit Kopp im Nacken durch die Wohnung laufe. Mann, diese Viecher, können die nicht woanders spinnen? Die Weben stören mein ästhetisches Empfinden, sie müssen weg. Zwar versucht der innere Schweinehund noch, die perfekte Hausfrau in mir davon abzuhalten, aber obwohl das Biest groß ist wie ein Dinosaurier, gelingt es ihm nicht.

Ich stehe auf und hole den Staubsauger aus der Kammer. Dauert ja nur wenige Minuten, denke ich und dann kann ich ganz entspannt weiter relaxen. Ich betätige den Sauger, aber das Ergebnis stellt mich nicht zufrieden. Ich schaue in seinen Eingeweiden nach, und stelle fest, das der Staubbeutel so prall gefüllt ist, dass nicht ein Schamhaar mehr Platz darin hätte. Wo waren denn noch mal die neuen Beutel? Ich suche im Küchenschrank, im Flurschrank, im Kleiderschrank und in der Kammer. Verdammt, dass man die aber auch so selten auswechseln muss. Oder sind gar keine mehr vorhanden? Nach halbstündiger Suche beschließe ich, den alten Beutel zu recyceln. Ich ziehe mir Gummihandschuhe über und pule den widerlichen Inhalt von Monaten in den Hausmüll. Dabei halte ich die Luft an, um keine einzige Milbe einzuatmen. Den fast neuen Beutel will ich nun wieder einsetzen, aber irgendwie gelingt es mir nicht. Ich brauche eine längere Testphase, bis alles wieder an seinem Platz ist. Nun saugt der Sauger auch und die Spinnen nebst Weben finden in seinen gefräßigen Inneren ein trauriges aber unabdingbares Ende.

Ich betrachte zufrieden mein Werk, stelle den Sauger zurück in die Kammer und gehe ins Bad, um mir die Hände zu waschen. Die Flüssigseife im Spender ist alle und als ich den Badschrank schwungvoll öffne, um den Nachfüllbehälter herauszuholen, fällt eine Flasche mit Schaumbad vom Schrank. Dummerweise ist die aus Glas und zerknallt auf dem Fliesenboden. Verdammt noch mal, wer hat die denn da oben hingestellt. Mir fällt ein, das ich es selber war. Ich bekam sie zur Firmenweihnachtsfeier geschenkt, und ihr penetrant künstlicher Fliederduft machte mir Kopfschmerzen, so das sie auf den Schrank verbannt wurde. Ich sammle leise fluchend die Scherben auf, holte mir den Wischeimer und beginne, den lila Schleim vom Fliesenboden zu wischen. Dummerweise stinkt das Zeug nicht nur widerlich, sondern schäumte auch noch ausgesprochen üppig. Sechs mal wechsle ich das Wischwasser, bis ich endlich glaube, den Schleim beseitigt zu haben. Das Gefühl, ein porentief reines Badezimmer zu haben, tröstete mich etwas über die Rückenschmerzen hinweg, die sich nach der Schlepperei mit den Wischeimer eingestellt haben. Nur der Geruch muss noch weichen, und ich öffne weit das Badezimmerfenster.

Der Knall aus dem Wohnzimmer folgte nur einen Augenblick später, als der Durchzug das Wohnzimmerfenster weit auf weht und mehrere Blumentöpfe vom Fensterbrett ins Verderben reißt.

Ich eile zum Ort des Geschehens. Grünpflanzen, zerbrochene Töpfe und Blumenerde liegen auf der hellgelben Auslegware . Die Kakteen hängen in der zarten Gardine und ich greife nach einer von ihnen. Hätte ich vorher nur eine Sekunde nachgedacht, wäre mir die Qual erspart geblieben, die Stacheln in einer langwierigen Prozedur aus meinem Finger zu entfernen. Als ich glaube, alle Stacheln erwischt zu haben, mache ich mich daran, das Chaos zu beseitigen. Scherben aufsammeln, Pflanzen notdürftig unterbringen, Erde vorsichtig auf fegen.

Zwischendurch Kaktusstacheln entfernen.

Teppichreiniger mit einem Schwamm auftragen. Kakteen aus der Gardine entfernen. Neue Blumentöpfe und Erde aus dem Keller holen. Grünpflanzen eintopfen.

Zwischendurch Kaktusstacheln entfernen.

Teppich absaugen. Mit dem Ergebnis unzufrieden, erneut Teppichreiniger auftragen. Fensterbank abwischen, Grünpflanzen neu drapieren, Teppich erneut absaugen.

Weitere Kaktusstacheln entfernen.

Ich habe Durst, wie eine Ziege nach dem Salzlecken und schwitze wie bei einer Wüstendurchquerung, der Rücken tut mir weh und es sind noch längst nicht alle Kaktusstacheln aus meiner Hand eliminiert.

Völlig erledigt lege ich mich auf die Couch.

Als ich die Augen wieder öffne ist es draußen dunkel. Ich schaue auf die Uhr, es ist 23:00 Uhr.

Ich gehe nach diesem entspannten Nachmittag erschöpft ins Bett.

Der Täter

Das Zimmer war spartanisch, fast schon ärmlich eingerichtet.
Ein Etagenbett, eine Liege und zwei Kleiderschränke hatten
ihre Glanzzeiten schon vor Jahren gehabt und sahen aus, als
wäre ihnen   der Sperrmüll erspart geblieben, indem man sie
hierher gebracht hatte. Die Bettwäsche musste sogar noch aus
den achtziger Jahren stammen, das Muster kannte ich noch aus
meiner Jugendzeit.
Aber es roch nach frischer Wäsche und ich stellte meine Tasche
ab, setzte mich auf die Liege und holte tief Luft. Das Atmen
schmerzte von den Faustschlägen, die vor wenigen Stunden
erst meinen Körper, und mehr noch meine Seele,
unbeschreiblich verletzt hatten. Und doch hatte ich seit zwei
Jahren endlich wieder das Gefühl, frei atmen zu können und
nicht zu ersticken.
Ich war unendlich müde von den Anstrengungen der letzten
Stunden, von den vielen schlaflosen Nächten der letzten
Monate. Der weite Weg hierher, die Unsicherheit und Angst,
das Warten in der Notaufnahme, die Untersuchungen und
Fragen, das Trösten meines Kindes, hatten mich erschöpft bis
an meine Grenzen. Ich fühlte mich wie in einer unendlichen
Wüste, in der nur groteske Skelette schaurige Schatten warfen.,
wollte all das am liebsten mit einem Schlaf beenden, aus dem
es kein Erwachen mehr geben würde.
Verständnisvolle Zuwendung, geduldiges Zuhören, eine Tasse
Tee, all das tat mir so gut und weckten in mir die schwache
Hoffnung, dass es einen Weg aus der Wüste in ein Morgen
geben könnte
Ich streckte mich auf der Liege aus, versuchte, die
schmerzenden Stellen nicht zu berühren und lauschte den
friedlichen Atemzügen meines Kindes. Die Sicherheit dieses

Ortes ließ mich endlich in einen tiefen, traumlosen Schlaf der Erschöpfung fallen.

Als wir damals aufs Land zogen, erschienen mir und meinem damaligen Mann ein Haus auf dem Land als das Erstrebenswerteste, was ein Großstädter sich nur vorstellen kann. Nie mehr Verkehrslärm zu jeder Tages-und Nachtzeit, Abgase und Feuerwehrsirenen, Kinderwagen in den vierten Stock schleppen, von den ewig hundeverschissenen Gehwegen und Spielplätzen ganz zu schweigen. Unser Kind sollte in einer ruhigen und gesunden Umgebung aufwachsen. Wir wünschten uns einen Garten und Tiere.

Wir fanden ein altes Haus in einem verschlafenen märkischen Dörfchen und verließen leichten Herzens den Moloch Großstadt. Trotz der vielen Arbeit, die der Ausbau des Hauses und das Anlegen des Gartens machte, genoss ich die Zeit. Nie hatte ich in der Stadt einen so weiten Sternenhimmel gesehen, nie die ersten zarten Spitzen der Schneeglöckchen im März bemerkt. Ich liebte die Gartenarbeit, griff mit beiden Händen in die warme, duftende Erde und bestaunte immer wieder aufs Neue die Wunder, die die Natur hervorbrachte. Zu sehen, wie unser Kind die Freiheit genoss, auf schier unendlichen Feldwegen zu radeln, mit Katzen und Hunden zu spielen und Kaulquappen aus dem Dorfteich zu fischen, um sie in einem Glas zu Fröschen werden zu sehen, machte mich glücklich.

Auch machten es uns die freundlichen und offenen Dorfbewohner leicht, bald Anschluss an das Dorfleben zu finden. Es war ein herzlicher und freundlicher Menschenschlag, der zudem feierfreudig und trinkfest war. Ihre modischen Ansprüche beschränkten sich auf wetterfeste und praktische Kleidung und solides Schuhwerk und auch ich

kaufte mir recht schnell ein Paar rustikaler Schuhe, da meine
städtisch chicen Pumps nur Saatlöcher in den Boden stachen
und selbst für das alljährlich stattfindende Heimatfest
ungeeignet waren.

Bald hatten wir einen neuen Bekanntenkreis, trafen uns zu
Gartenpartys, Vereinsfesten und Badeausflügen. Halfen uns
gegenseitig beim Kinderhüten oder handwerklichen Arbeiten.
Nach der Arbeit tranken die Männer oft noch ein Bier auf der
Gartenbank . So lernte ich auch diesen Mann kennen, der Jahre
später mein Mann wurde. Seine betagte Mutter, eine reizende
alte Dame, war unsere Nachbarin und er schaute fast täglich
nach der Arbeit bei ihr vorbei. Wir grüßten uns und wechselten
das eine oder andere Wort über den Gartenzaun. Er sah gut aus,
schlank und von harter Arbeit auf dem Bau muskulös und
braun gebrannt. Seine stahlblauen Augen bildeten einen
interessanten Kontrast zu seinem gebräunten Gesicht und
musterten mich frech und selbstbewusst. Sein Ruf als
Frauenheld war mir bekannt, aber ich wähnte mich sicher vor
diesem animalischen Charme, war verheiratet und Mutter.
Gelegentlich begegneten wir uns im Dorf, auf Veranstaltungen
oder sahen uns, wenn er seine Mutter besuchte. Wir tanzten
beim Dorffest oder Feuerwehrball miteinander, trafen uns auf
Geburtstagen oder Hochzeiten. Aber nie waren wir alleine und
ich hatte trotz seiner begehrlichen Blicke und Andeutungen
auch nicht die Absicht, mich mit ihm zu treffen.

Dann musste mein Mann zu einem längeren Kuraufenthalt
reisen.

„Hast du Lust, mit aufs Wasser raus zu fahren?", fragte er mich
kurz darauf über den Zaun hinweg. Er besaß ein Boot, das
wusste ich. Hatte schon einige Male seinen Fang bewundert,
wenn er vom Angeln zurück kam und die Fische bei seiner
Mutter ablieferte. Der Gedanke erschien mir verlockend, war

ich doch eine Wasserratte und außerdem begeistert von der vielfältigen Fauna und Flora dieser schönen Gegend. Ich sagte zu und am nächsten Tag fuhr ich mit dem Rad ein Stück aus dem Dorf, wo er mich an einer Waldlichtung mit dem Auto abholte und weiter fuhr zu einer einsam gelegenen Bootsanlegestelle.

Die Bootsfahrt war unglaublich romantisch. Die Schönheit der Natur und die Stille auf dem See waren Balsam für meine Seele. Ich lauschte den Vogelstimmen und dem Rauschen des Windes im Schilf. Er hatte Sekt dabei und wir genossen bei Sonnenuntergang das prickelnde Gefühl in unseren Kehlen. Er küsste mich fordernd und leidenschaftlich, seine Hand glitt unter mein Kleid, streichelte zärtlich meine Schenkel und seine Finger rutschten frech in mein Höschen. Dieses Begehren in mir hatte ich in meiner Ehe schon lange nicht mehr verspürt, in der alles schon zu Pflicht und Routine verkümmert war und ich wehrte mich nicht, genoss es und gab mich hin. Seinen Arm um meine Schulter gelegt, steuerte er eine gut im Schilf verborgene kleine Bucht an.

Unser heißes Liebesspiel auf der ausgebreiteten Decke dauerte fast die ganze Nacht und ließ mich alle Bedenken und Vorbehalte vergessen

Am nächsten Morgen stand mein schlechtes Gewissen wie ein riesiger schwarzer Schatten hinter mir und ich schwor mir, dass es keine Wiederholung geben würde. Aber dann rief er wieder an und bat um ein Treffen, und alle Bedenken wurden in die tiefste unterste Schublade meiner schwarzen Seele gesteckt. Eine Zeit der Heimlichkeiten und des Lügens begann, in der wir uns, wenn nur irgend möglich, heimlich trafen. Aus den anfänglich nur als erotisches Abenteuer gedachten Begegnungen erwuchs tiefe Zuneigung und Liebe. Wir sehnten uns nacheinander, konnten kaum die Zeit bis zum nächsten

Wiedersehen ertragen und entschieden uns nach fast einem Jahr, dieses nervenzerfetzende Versteckspiel zu beenden, bekannten uns zueinander, mit allen daraus folgenden Konsequenzen.

„Du dreckige Hure, wo hast du dich so lange rumgetrieben? Mein Herz raste. Ich war gefahren, als wäre der Teufel hinter mir her, aber die Strecke war kurvenreich, unübersichtlich und ein Holzlaster einen großen Teil der Strecke vor mir gefahren, den ich nicht ohne großes Risiko überholen konnte.
Würde er wieder zuschlagen? Es wäre nicht das erste Mal. Ich war fünf Minuten zu spät!
Egal was ich jetzt auch sagen würde, es wäre falsch. Jedes Wort der Rechtfertigung, jede Entschuldigung, jede Bitte um Vernunft nur gesprochen, um abzuprallen und ungehört mit dem Wind davon zu fliegen.

Ich weiß nicht genau, wann es begann, das sich mein liebevoller und fürsorglicher Mann in dieses Ungeheuer verwandelte. Nach außen hin der liebe Sohn und Bruder, der hilfsbereite Kumpel und geachtete Kollege, war aus ihm im Laufe von zwei Jahren ein unberechenbarer Tyrann geworden. Der Verlust seines Arbeitsplatzes trug wohl auch dazu bei, sein Selbstwertgefühl zu schmälern, da er auf der Arbeit ein geachteter und fachlich versierter Kollege war. Und obwohl in Haus und Garten genug Arbeit vorhanden war, schien ihn das nicht auszufüllen. Zu Beginn seiner Arbeitslosigkeit hatte er den Kopf noch voller Pläne, was er alles machen wolle. Legte einen Gemüsegarten an, zog Pflanzen im Gewächshaus und kochte, wenn ich von der Arbeit kam.

Doch langsam bemerkte ich Veränderungen.

Ein allmählicher Schlendrian hielt Einzug. Langsam verwahrlosten der Garten und das Gewächshaus, die Garage und der Keller wurden immer mehr vermüllt und er begann, seine Körperpflege zu vernachlässigen. Sein Alkoholkonsum stieg allmählich immer mehr an und häufig fand ich versteckte Flaschen. Am Anfang versuchte er noch, sich zu rechtfertigen und Ausreden zu finden. Doch immer öfter antwortete er mir gar nicht mehr und ließ mich stehen wie einen begossenen Pudel. Wenn ich ihn fragte, was er denn den ganzen Tag gemacht hätte, antwortete er oft:" Auf dich gewartet." Ich fühlte seine Hilflosigkeit und Unrast. Dazu kam eine schon krankhaft zu nennende Eifersucht. Er begann, mich zu verhören, wenn ich nur wenige Minuten später nach Hause kam, wo ich mich so lange rumgetrieben hätte. Der Kilometerstand des Autos wurde kontrolliert und bald merkte ich auch, das er meine Tasche durchsuchte, in meinem Handy die Nachrichten und Anrufe las, ja sogar meine Kleidung und Unterwäsche inspizierte. Ich fühlte mich gedemütigt, gekränkt und verletzt und bat ihn, diese Dinge zu unterlassen und mit mir zu reden.

Vergeblich!

Und immer mehr Alkohol. Schon Morgens der erste gierige Schluck aus der Flasche, die niemals leer sein durfte, für deren Nachschub immer, fast schon panisch, gesorgt wurde.

Mein Lachen und Singen verstummten. War ich sonst leise vor mich hin summend durch Haus und Garten gewirbelt glich mein Schritt jetzt dem einer alten Frau. Meine Seele fühlte sich an wie Sandpapier und igelte sich ein zu einem endlosen

Winterschlaf. Keine Freude, Hoffnung oder Lust mehr. Wenn er mich berührte, stellten sich meine Härchen auf den Armen vor Widerwillen auf, ich roch seinen Schweiß und den Alkohol in seinem Atem und kroch noch tiefer in mein Schneckenhaus aus Einsamkeit und Verzweiflung. Er spürte meine Abwehr, meinen Widerwillen, vermutete um so mehr einen anderen Mann hinter meinem Verhalten und schlug zu. Hände wie Eisenklammern, die mich festhielten und auf das Bett warfen. Schläge in mein Gesicht , Fausthiebe auf meine Arme und meine Brust. Meine Schreie und mein Wimmern verhallten ungehört in einem leeren Haus.

Seine Reue und seine Entschuldigungen Stunden später.
Ich wollte ihm glauben, redete ihm ins Gewissen und er gab Versprechen, sprach von einmaligen Ausrutscher, flehte förmlich um Vergebung.

Es blieb nicht bei einem Vorfall, von da an schlug er beim kleinsten Anlass los. Immer wieder gelobte er danach Besserung, zeigte tiefe Reue und ich wollte ihm glauben, redete mir ein, das alles gut wird und belog meine Umgebung, am meisten jedoch mich selbst.

Die liebste Freundin konnte ich nicht täuschen. Mehr als einmal gab sie mir Asyl, hielt und tröstete mich und riet mir dringend, den bestehenden Zustand zu ändern. Aber noch immer hoffte ich, wollte mein gewohntes Leben nicht aufgeben, liebte den Garten, das Dorf und unsere Freunde. Seine Familie war auch meine Familie geworden, mit der mich gemeinsame Erlebnisse, gute und schwere Zeiten verbanden. Seine liebevolle Mutter war auch mir wie eine Mutter. Die Angst vor einer ungewissen Zukunft sah ich wie ein herannahendes Gewitter am Horizont. Es würde mich fortreißen mit seiner ganzen Naturgewalt, mich durch die Luft wirbeln und irgendwo mit zerschmetterten Gliedern fallen lassen. Ich glaubte, keine Kraft zu haben, ihm zu trotzen und mich dem Sturm entgegen zu stemmen.

Sonnenstrahlen und Sternenstaub, Frühlingsjubel und Herbstgold. Ich nahm sie nicht mehr wahr.
Konnte ich meine Seele auch betrügen, mein Körper ließ sich nicht täuschen. Schlaflosigkeit durchweinter Nächte, ständige Anspannung und Angst forderten ihren Tribut
Keine noch so starke Seele kann auf Dauer solchem Leid Widerstand bieten. Tief in mir wurde mir langsam klar, dass ich mich nicht länger diesem Selbstbetrug hingeben konnte, dass es meine heile Welt schon längst nicht mehr gab. Nichts würde sich ändern, wenn ER sich nicht änderte. Und er hatte mir mehr als einmal signalisiert, dass ICH die Schuldige sei. Ich wäre schuld, dass er so handeln müsse, ich würde ihn so provozieren, ich müsse mich ändern. Doch so sehr ich es auch versucht hatte, ich würde ihm nie genügen, nicht einmal in der totalen Selbstaufgabe seinen Vorstellungen gerecht werden.

Kein Mann hat das Recht, einer Frau so etwas anzutun. Kein Mensch das Recht, einen anderen zu beherrschen, zu demütigen oder ihm seine Selbstbestimmung abzusprechen. Das höhere Wesen hat uns auf seine Welt gesandt als gleichwertig. Wir kommen alle gleich auf seine Welt, nackt, wehrlos und gut.

Als er wieder einmal die Selbstkontrolle verlor ging ich. Ich nahm nur das Liebste und Wichtigste in meinem Leben mit, mein Kind.
Weder Haus noch Auto, keine Kleidung oder Möbel waren es

jetzt noch wert, einen Gedanken an sie zu verschwenden.

Ich fand Aufnahme an einem sicheren Ort, an dem sich
wunderbare Menschen und meine liebevolle Familie um mich
bemühten, mir halfen und mir wieder bewusst machten, dass
ich etwas wert bin. An dem ich Ruhe fand, um von meine
körperlichen Verletzungen zu genesen, Zeit fand, um
nachzudenken, Hilfe und Stütze fand für einen neuen Weg.
Einen Weg ohne Gewalt. Einen Weg in eine glückliche, selbst
bestimmte Zukunft für mich und mein Kind.

Das Glückskind

„Herzlichen Glückwunsch Frau Retlaw, sie sind schwanger".
Ich schaute die junge Ärztin an, als hätte sie mir gerade
verkündet, bei ihrer Untersuchung in meinen unteren Regionen
eine neue Galaxie entdeckt zu haben. Zu diesem Termin war
ich gegangen, nachdem mein schon recht betagter Frauenarzt
Dr. Bear mir dringend von weiteren Kindern abgeraten hatte.
Vor vier Jahren war ich das letzte Mal schwanger gewesen und
verlor das Kind im fünften Monat der Schwangerschaft unter
dramatischen Umständen. Ich wollte nicht noch einmal diesen
unglaublichen Schmerz miterleben, wenn alle Freude und
Hoffnung auf dieses neue Leben unter Blut, Angst und Tränen
in der Notaufnahme einer Klinik zerbrechen und verhütete
seitdem mit Kondomen. Nicht gerade prickelnd und deshalb
hatte ich die Nase irgendwann auch voll und keine Lust mehr
auf die Aktienmehrheit bei Durex. Mein betagter Doktor
erklärte mir, dass es möglich wäre, sich sterilisieren zu lassen,
verwies mich an eine kompetente Stelle und ich versuchte,
mich mit dem Gedanken abzufinden, nie mehr Mutter zu
werden.
Dieser Gedanke tat unglaublich weh, hatte ich mir doch immer
viele Kinder gewünscht. Mindestens vier wollte ich , drei Jungs
und ein Mädchen, war ich doch mit Geschwistern
aufgewachsen und hatte an meine Kindheit mit ihnen schöne
Erinnerungen. Unsere Streiche und Spiele, unser
Zusammenhalt und unsere Zuneigung zueinander waren ein
Bestandteil meiner eigenen Kindheit gewesen und auch mein
großes Kind sollte diese Erfahrung machen , und nicht als
Einzelkind aufwachsen.

Nach der Mitteilung der freundlich lächelnden Ärztin

durchlebte ich ein Wechselbad an Gefühlen, verfluchte auf der einen Seite die geringe Haltbarkeit von Kondomen und konnte auf der anderen Seite dieses Gefühl von Freude und Glück kaum beschreiben. Das etwas mit mir nicht stimmte war mir schon seit einigen Wochen aufgefallen. Wenn meine Schreibtischmitinhaberin Anja wieder mal eine Tafel Schokolade auf den Schreibtisch legte hatte ich sonst beherzt zugegriffen, ohne auch nur im Geringsten über die Folgen dieser süßen Sünde nachzudenken. Seit Kurzem wurde mir bei diesem Anblick übel und jegliche Gelüste auf Süßes waren mir vergangen. Ich verdrängte, was nicht sein konnte. Oder sollte der geplatzte Gummi bei diesem recht heftigem Liebesspiel vor sechs Wochen doch nicht ohne Folgen geblieben sein? Meine letzte Regel war auch sehr schwach gewesen, eigentlich nur so ein leichtes vor sich hin Getröpfel, anders als ich es sonst gewohnt war.

Und nun die Bestätigung.

Ich fuhr nach Hause, schaute aus dem Fenster der Straßenbahn und nahm doch nichts von all dem wahr, was draußen vorbei rauschte. Mein Kopf wahr leer und schien auf meinem Hals wie ein Luftballon zu schweben.

„Hilfe, holt mich sofort hier raus!"

Ich steckte in diesem verdammten Aufzug fest . Diese Dinger mied ich sonst wie der Teufel das Weihwasser und trabte lieber zu Fuß bis in den achten Stock. Aber ich war in der 43. Schwangerschaftswoche und so rund, dass selbst ein Pottwal neben mir noch grazil gewirkt hätte. Immer, wenn ich das Haus verließ, hatte ich Angst, dass mich Greenpeace- Aktivisten ins Meer schleppen. Meine Fesseln waren so dick wie im Normalfall meine Schenkel und ich nannte sie Fenkel. An meinem Umstandskleid drohten die Knöpfe abzuspringen und aus meinen Brüsten waren Melonen geworden.

Jeden Tag hoffte ich, mit einer leichten und schnellen Geburt diesen Zustand zu beenden. Jeden Tag fuhr ich zur Charité, ließ mich verkabeln und begutachten, aber der Prinz hatte keinen Bock aufs Geborenwerden.

Voller Panik hämmerte ich auf den roten Notfall-Knopf ein. „Ja bitte, was gibt es für ein Problem?" Die Männerstimme klang ruhig und gelassen und beruhigte mich nicht im geringsten. „ Ich stecke im Aufzug fest!"quiekte ich in den Lautsprecher. „Und wo bitte stecken sie fest?" Ich glaubte, ein Grinsen in der Stimme zu hören. „Zwischen dem dritten und vierten Stock!" Jetzt grinste er eindeutig. „Ich brauche die Nummer, die neben dem Notruf steht." Ich nannte sie ihm. „Wir sind in etwa fünfundvierzig Minuten da." Jetzt verlor ich komplett die Selbstbeherrschung. „Aber ich gebäre!" schrie ich in den Lautsprecher . Stille am anderen Ende. Bestimmt denkt der Typ, ich will ihn verarschen. Ich hatte nicht den Wunsch, mein Kind im Aufzug zu bekommen, aber wahrscheinlich würde dieser kleine Terrorzwerg, der schon zwei Wochen zu spät dran war, ausgerechnet heute auf diese schöne Welt wollen.

Wenigstens ersticken würde ich nicht. Der Aufzug war noch so ein altmodisches Teil mit Scherengittern als Türen und ich war genau zwischen zwei Etagen stecken geblieben. Ich schwitzte und hatte Durst. Ein tiefer Schluck aus meiner Wasserflasche beruhigte mich etwas, doch als ich sie wieder zuschrauben und verstauen wollte, entglitt sie meinen schweißigen Händen und platschte auf den Boden. Mit einem unschönen Wort auf den Lippen bückte ich mich schwerfällig nach der Flasche, die einen großen Teil ihres Inhalts auf den Boden gepieselt hatte. Mir tat der Rücken weh und ich ließ mich neben der Wasserpfütze auf dem Boden des Aufzugs plumpsen.

Plötzlich sah ich aus meiner Froschperspektive jede Menge Füße vor dem Aufzug umher wimmeln.

Ich hörte Stimmengemurmel und Rufe. „Hallo, halten sie durch. Wir holen sie da gleich raus." Es waren kaum zehn Minuten seit meinem Notruf vergangen. „Na bitte, geht doch." Dachte ich bei mir. Von wegen fünfundvierzig Minuten. Der antiquierte Aufzug tat einen sanften Ruck und begann, sich langsam zu bewegen. An den Füßen waren Beine und als ich endlich auf der Etage angekommen war, sah ich auch den Rest, der an den Beinen dran war. Ein komplettes Rettungsteam stand vor dem Aufzug, um mich in Empfang zu nehmen. Ich wollte aufstehen, aber mein enormer Umfang machte es mir nicht so leicht. „In welchen Abständen kommen denn die Wehen?" wurde ich gefragt. Ich dachte einen Moment nach. Ach so, Wehen. „ Die Fruchtblase ist schon geplatzt!" rief eine weibliche, kompetent klingende Stimme, als ich gerade den Mund zur Richtigstellung der Situation öffnete. Eine Sauerstoffmaske wurde mir sanft auf das Gesicht gedrückt und drei kräftige Männer hievten mich auf eine Trage. Ich wollte ja gerne antworten, doch das rührige Rettungsteam rannte schon mit mir auf der Trage im Schweinsgalopp über die Flure.

Alles wollte ich tun, um dieses Kind zu bekommen! Es war meine letzte Chance. Der Arzt verordnete mir Ruhe und riet mir, jede Art von Stress zu vermeiden. Ganz einfach, wenn man bereits Mutter und berufstätig ist. Das „berufstätig" war ein Problem, dass eine Krankschrift vorerst behob, aber wer stellte mich vom Muttersein frei ? Den Anweisungen leistete ich, so gut es ging, Folge. Langsam wuchs dieses klitzekleine Wunderwesen in meinem Bauch heran, der sich zunehmend rundete. Die Angst ließ etwas nach und machte einer leisen Hoffnung, dass doch alles gut werde, Platz.

Die Blutungen begannen im vierten Monat, als ich schon gehofft hatte, den riskantesten Part überstanden zu haben. Die Aufnahme in eine Klinik war unvermeidbar. Ich weinte, hatte ich doch eine tief verwurzelte Abneigung gegen Krankenhäuser, hasste ihre morgendliche Betriebsamkeit, die unbequemen Betten mit der kratzigen Bettwäsche und das Fehlen von Intimsphäre. Auch der wundervolle Ausblick über die Dächer der Stadt konnte mich nicht trösten. Ich vermisste mein Kind, meinen Mann, mein Zuhause, unsere gemeinsamen Mahlzeiten, abends am Bett meinem Kind vorzulesen und ihm einen Gute-Nacht- Kuss zu geben. Aber die Notwendigkeit und Dringlichkeit der Situation ließ mir keine Entscheidungsfreiheit. Medikamente sorgten dafür, dass die Blutung aufhörte und die erzwungene Tatenlosigkeit tat das ihre dazu. Nur die Lage des Murkels bereitete noch Kopfzerbrechen, er lag mit dem Hintern ungünstig im geplanten Ausgang. Aber es war durchaus noch möglich, dass er die richtige Startposition noch einnahm und mit dem Kopf voran in diese wundervolle Welt geboren würde. Ich drängelte zwar täglich bei der Visite um meine Entlassung, biss da aber bei den „erbarmungslosen" Ärzten auf Granit.

Vier scheinbar endlose Wochen in den kundigen Fängen der Gynäkologischen Station hatten bewirkt, dass es mir gut ging und ich durfte nach Hause.

Mein Bauch rundete sich von Monat zu Monat, wuchs und wuchs und wuchs. Ich bekam langsam Angst vor diesem kleine Ungeheuer in mir. Bald spürte ich seine ersten zaghaften Bewegungen, die sich anfühlten wie das Streicheln zarter Hände. Doch bald wurden daraus kleine Tritte, dann wurden die Tritte heftiger und schließlich hatte ich das Gefühl, eine

ganze Fußballmannschaft samt Ball verschluckt zu haben. Nie gab dieser Terrorzwerg Ruhe. Wenn ich in Bewegung oder unterwegs war hielt sich das Getrete noch in Grenzen, aber wehe, wenn ich mich hinlegte um mich auszuruhen, oder gar schlafen wollte. Dann drehte er erst richtig auf. Ich war ganz schön fertig. Und bis zur Geburt noch vier endlose Wochen. Wieso eigentlich „Er"? Ich wusste zu diesem Zeitpunkt noch nicht einmal, ob Junge oder Mädchen. Diese Überraschung wollte ich mir bis zur Geburt aufsparen. Warum immer schon alles vorher wissen? Man will doch auch nicht vorm Auspacken der Weihnachtsgeschenke darüber informiert werden, was im Glitzerpapier steckt, oder?
Noch zwei Wochen bis zum Termin. Noch eine Woche. Die Tage klebten zähflüssig wie Zuckersirup an mir. Es war warm für Ende September, zu warm für meinen derzeitigen Zustand. Ich war jedes Mal fix und fertig, wenn ich nach Besorgungen und Arztbesuchen wieder in der vierten Etage angekommen war und schnaufend wie eine Dampflock brauchte ich erst einmal fast eine Stunde, um wieder auf Normalpuls zu kommen.

Zwei Wochen nach dem errechneten Geburtstermin lagen meine Nerven blank. Ich hatte die Nase gestrichen voll vom schwanger sein. Missmutig machte ich mich auf den mittlerweile täglichen Weg zur Charité. Ich trottete von der Straßenbahn zum Gebäude und stieg in den Aufzug, welcher mich zur gewünschten Etage bringen sollte.
Tat er aber nicht.
Blieb einfach stecken.
Das Mistding.

Als ich endlich mal dazu kam, ein Wort von mir zu geben und

die Situation zu schildern, waren mehrere Stunden, unzählige Untersuchungen und schier endloses Fachsimpeln des kundigen Personals an mir vorüber gegangen. Klug wie sie waren, hatten sie dann doch bemerkt, dass ich weder Wehen noch eine gesprungene Fruchtblase hatte. Mein Kreislauf war stabil, mein Puls normal und ich durfte nach Hause gehen. Die Anstrengungen und Aufregungen des Tages hatten mich erschöpft und ich schlief in dieser Oktobernacht endlich einmal unbehelligt von den Tritten des Würmchens, der sich schon seit dem Nachmittag ungewohnt ruhig verhielt.

Bis vier Uhr, dann weckte mich ein schneidender Schmerz. Wir fuhren in die Klinik, die ich erst Stunden vorher verlassen hatte.

Die Wehen setzten regelmäßig alle drei Minuten ein und ich hoffte, bis zum Mittag endlich mit dem Gebären fertig zu sein und frohe Kunde in die Welt zu senden. Doch weit gefehlt! Murkel schien sich in meinem Inneren festzukrallen und wollte nicht auf diese Welt. Die Hebammen wandten verschiedene alte und neue Tricks an, doch nichts wollte helfen.

Nach endlosen Stunden wurde ein Arzt zu Rate gezogen, welcher die ganze Sache beschleunigen sollte. „Sieh da, eine Beckenendlage," stellte er nach seiner Untersuchung fest. Nichts, was ich nicht schon gewusst hätte. Er legte mir einen Tropf und schien hoch erfreut über seine Feststellung." Sind sie damit einverstanden, es dem medizinischen Personal in Ausbildung zu ermöglichen, bei der Geburt dabei zu sein? Wir hatten seit drei Monaten keine Beckenendlage mehr." „ Na und, mir doch egal," hätte ich ihn am liebsten angeschrien, aber wo sollten sie denn sonst eine hernehmen. Ich nickte schwach und schicksalsergeben. Sollten sie nur zusehen. Der Arzt verschwand und der Inhalt des Tropfs tröpfelte unaufhaltsam in meine Armvene. Die Wehen wurden stärker und stärker und die Hebamme nickte nach ihrer Untersuchung zufrieden." Bald geschafft, Frau Retlaw. Weiter so und nicht pressen!" Die hatte gut reden, wollte ich doch gerade jetzt nichts anderes.

Die Tür öffnete sich und eine Schar von sieben jungen Frauen betrat mein Gebärzimmer. Die Schilder auf ihren makellosen Kitteln wiesen sie als Hebammenschülerinnen diverser Lehrjahre aus. Diskret und respektvoll verteilten sie sich um mein Bett. Der Arzt kam zurück, im Schlepptau eine Gruppe von Kollegen, Studenten der Medizin, einer fuchshaarigen Anästhesistin, die gleich bei mir eine Narkose vornehmen sollte und, last but not least, dem Chef höchstselbst. Der hatte kaum noch Platz und obwohl alle respektvoll zusammenrückten, drang er nur langsam zu mir vor.

„Nun, dann kann es ja jetzt losgehen," lächelte er mit blendender Zahnleiste. Was dachte der, was ich hier seit Stunden tat? Mich riss es fast auseinander. Ich fand den Anfang dieser ganzen Sache hier vor zehn Monaten weitaus spaßiger, da hatte ich zwar auch geschrien, aber aus anderen Gründen als jetzt.

Die Narkoseärztin betäubte meine untere Region mit einer Spritze, von der ich mal nichts mitbekam und der Arzt erleichterte den weiteren Vorgang mit einem Schnitt. Alle machten lange Hälse, um auch nichts von den spannenden Geschehnissen zu verpassen, die sich ohne meinen Einblick abspielten. Ich tat nur einfach noch das, was die Hebamme mir anordnete und endlich, endlich war der ersehnte Moment da.

Der Moment, der wohl einer der schönsten und ergreifendsten im Leben einer Frau ist, mit nichts zu vergleichen, durch nichts zu übertreffen.

Die rothaarige Anästhesistin lachte. „ Der kommt ja gleich mit der richtigen Einstellung auf die Welt. Mit dem Hintern voran und der Devise: Hey Welt, ich scheiß auf dich!"

Mein wunderschöner Sohn wird im Oktober achtzehn Jahre alt und ist der Mann in meinem Leben, den ich bedingungslos und unbegrenzt liebe.
Er hat mich gefordert, genervt und um den Schlaf gebracht, mein Leben durcheinander gewirbelt, es bereichert und meinen Horizont erweitert mit seinem Wissensdurst. Schenkte mir sein Lachen, wenn ich weinen wollte und gab mir Mut, weiterzumachen, als ich aufgeben wollte. Er ist mein kostbarster Schatz und die schönste Leihgabe des höheren Wesens.

Sein Name ist Felix, „der Glückliche".

Feuerroter Waldschrat

Nein, bitte jetzt das nicht auch noch! Ich war schon wieder so verdammt spät dran auf meinem Weg zum Dienst, hatte morgens noch so Dies und Das zu erledigen gehabt und auf den letzten Drücker losgefahren. Die Straße war gesperrt, wegen Baumfällarbeiten, wie ein Schild verkündete. Ich hupte nervös. Von den Arbeitern, die eifrig zu Gange waren, eine riesige Kiefer umzulegen, kam einer auf mein Auto zu. Ich ließ die Scheibe herunter und er beugte sich herab. „Wie lange wird es denn dauern bis ihr fertig seid", fragte ich leicht genervt." „Höchstens zehn Minuten, dann kanns weitergehen", antwortete er und lächelte etwas über meinen Unmut. „Krieg ich dann wenigstens einen Kaffee als Entschädigung für die Wartezeit?" Er zuckte leicht mit den Schultern und nahm seinen Schutzhelm ab um sich durchs Haar zu streichen, das in einem dunklen kupferrot leuchtete. Jetzt erst betrachtete ich mir den Burschen genauer. Sagt doch nicht gleich nein Mädels! Ich finde rothaarige Männer interessant. Sie haben etwas Besonderes an sich, das man manchmal erst auf den zweiten Blick erkennt, wenn man sich von dummen Vorurteilen verabschiedet.

Dieser Naturbursche hier war äußerst gut aussehend. Obwohl er Arbeitskleidung trug, konnte ich feststellen, dass er eine sportliche, kräftige Figur hatte. Seine Augen waren ungewöhnlich, dunkelgrau und schillernd, als wenn Öl auf einer Wasserpfütze schwimmt. Er lachte bei meiner kessen Frage und seine schönen, ebenmäßigen Zähne blitzten dabei. Mann, war der lecker, jung und saftig. Mir tropfte der Zahn bei seinem Anblick." Leider ist jetzt keine Zeit für einen Kaffee, wirklich schade. Vielleicht können wir das ja nachholen"? Mein Unmut verflog. „Dann mache ich jetzt ein Beweisfoto für

meinen Chef, der glaubt mir sonst kein Wort". Ich machte mit
meinem Handy Fotos vom Schild, von den Arbeitern und dann
von ihm. Er wurde etwas verlegen, was ihm ausgezeichnet
stand. Seine Kollegen riefen nach ihm und er ging zu ihnen.
Mein Jagdinstinkt war geweckt und ich schrieb meine
Handynummer auf einen Zettel.Er kam zurück und teilte mir
mit, dass die Straße jetzt wieder frei sei und er leider weiter
arbeiten müsse. „Und was wird jetzt aus dem versprochenen
Kaffee? Wenn du Lust hast, melde dich doch bei mir." Dabei
betonte ich zweideutig das Wort LUST. Ich lächelte ihn an und
gab ihm meine Nummer, bevor ich mich verabschiedete und
weiter fuhr. Er hob noch kurz die Hand zum Gruß und ging
dann zu seinen wartenden Kollegen. Würde er anrufen?

Am Abend, ich hatte gerade meine Wohnungstür
aufgeschlossen, klingelte mein Handy." Hallo, hier ist der
Waldschrat, hast du morgen Zeit, das Versäumte nachzuholen?"
Da Samstag war hatte ich natürlich Zeit, hätte sie mir in jedem
Fall genommen. Er lud mich zu sich ein und gespannt machte
mich am nächsten Tag auf den Weg zur Siedlung am See. Er
wartete trotz der kühlen Temperaturen schon auf dem Waldweg
und gemeinsam fuhren wir das letzte Wegstück zu seinem
Grundstück, dessen Einfahrt versteckt hinter Sträuchern lag.
Sein Häuschen war klein, aber die Lage war wundervoll, nur
wenige Meter vom Seeufer entfernt. Das Innere bestand nur
aus einem großen Raum, mit einem Wintergarten zum See hin,
über dem zarte Nebelschleier hingen und ihm ein verzaubertes
Aussehen verliehen. Alte, rustikale, Möbel strahlten
Gemütlichkeit aus und in einem Kaminöfchen prasselte ein
Feuer. Ein etwas zur Seite gezogener Vorhang ließ mich ein
Stück eines Betts sehen.
Alles war sauber, kuschelig und roch gut. Meine Skepsis, was

Männerwohnungen angeht, legte sich. Solltet ihr jemals die
Wohnung eines Mannes betreten, die schon auf den ersten
Blick wie ein Versuchslabor für biologische Waffen aussieht,
nehmt Reißaus! Ein solcher Schweineigel von Mann zeigt mir
damit nur, dass er entweder von Mutti nicht genug Rüstzeug zu
ordentlicher Haushaltsführung mitbekommen hat, oder dass er
immer noch nach einer billigen Putze sucht. Und die seid ihr
dann, denn welche Frau mag schon Urinstein im WC, der die
Ausmaße eines Steinbruchs hat, oder einen Kühlschrank,
dessen Inneres an einen Komposthaufen erinnert? Also was
wollt ihr lieber? Putzen, oder ausreißen?

Er nahm mir meine Jacke ab und bat mich, es mir gemütlich zu
machen. Während ich mich auf die weiche Couch setzte
machte er sich in der kleinen Kochnische zu schaffen, holte
Geschirr, Kaffee und eine Keksdose. Ich musterte ihn, sah ich
ihn doch heute ohne seine Arbeitskleidung. Die legere
Cargohose und eine Sweatjacke standen ihm gut. Sein Haar
war noch etwas feucht, also hatte er offensichtlich geduscht.
Ein gutes Zeichen, frohlockte ich innerlich. Wer nichts
erwartet, der duscht auch nicht. Auch ich hatte mich
vorsorglich auf Höchstniveau gestylt, mich gebadet, manikürt
und mit wohlduftenden Substanzen umgeben, man konnte ja
nie wissen, wie der Tag endete.
Wir saßen zusammen auf der Couch tranken Kaffee, redeten
über Belanglosigkeiten, wobei ich feststellte, dass er nicht
dumm, belesen und aktuell informiert war. Das erhöhte meine
Freude enorm, machte es doch viel mehr Spaß, sich mit einem
Mann geistig zu duellieren, wenn er gut bewaffnet war. Das
hielt uns aber nicht davon ab, uns gegenseitig zu mustern. Mir
wurde ganz schön warm, das lag aber nicht nur daran, dass der
kleine Ofen ordentlich Dampf machte, sondern auch an seinen

Blicken und ich zog meinen dicken Pullover aus, unter dem ich ein tief ausgeschnittenes Top trug. Unauffällig, wie er meinte, musterte er meine Brüste. Auf die beiden Schätzchen war ich mächtig stolz, waren sie doch nicht nur von beachtlicher Größe, sondern auch prall und fest wie zwei reife Orangen. Auch ihm wurde warm und er zog seine Jacke aus. Das T-Shirt darunter ließ mich gut trainierte Oberarme und eine muskulöse Brust sehen. „Machst du Sport?" fragte ich und befühlte sanft seinen muskelbepackten Arm. Mit seiner Reaktion hatte ich nicht gerechnet. Er stöhnte leise und schloss seine Augen. In seiner locker sitzenden Hose konnte ich deutlich einen Ständer erkennen. „Na, du scheinst aber auch schon eine Weile auf dem Trockendock gelegen zu haben," dachte ich bei mir. Ich hielt mich auch nicht lange bei weiteren tief geistigen Gesprächen auf, sondern begann, meine frechen Finger in die Ärmellöcher seines Shirts kriechen zu lassen und seine Oberarme, seinen Rücken und seine Brust zu streicheln. Zuerst hielt er sich noch schüchtern zurück, doch dann wandte er sich mir zu und nahm mein Gesicht vorsichtig in seine Hände um mich einen Moment anzuschauen. Seine schönen Augen wurden dunkel wie Bergseen und dann küsste er mich zärtlich.

Mir wurde ganz schön schwummrig, hatte ich doch seit längerer Zeit nur mit mir selber etwas Spaß gehabt. Aber das war immer nur die Notlösung, das Gesamtpaket Mann bot da schon einen höheren Spaßfaktor.

Ich wurde heiß wie ein Bügeleisen und setzte mich rittlings auf seinen Schoß. So machte die Küsserei noch viel mehr Freude, konnte er doch dabei meine prallen Brüste streicheln und ich seinen Ständer durch den Stoff spüren. Und ich spürte, dass da ordentlich was geboten wurde. Nein Mädels, es kommt nicht alleine auf die Größe an, aber mit einem Zahnstocher lässt sich nun mal schlecht Sahne schlagen. Wir begannen ungeduldig, uns auszuziehen, ohne mit dem Küssen länger auszusetzen.

Sein leises Stöhnen, heftiges Atmen und sein beschleunigter Puls bewiesen mir, dass ich auf dem richtigen Weg war.

Er zog mich von der Couch in Richtung Bett. Auf dem Weg dorthin entledigten wir uns schon mal überflüssiger Kleidungsstücke. Ich ließ mich, nur mit meinem Höschen bekleidet, auf das rustikale Eichenbett fallen und ungeduldig folgte er mir. Seinen Slip hatte er noch angelassen und erhöhte bei mir damit die Vorfreude, welche ja bekanntlich die Schönste ist.

Wir küssten und streichelten uns immer drängender. Seine Finger schoben mein Höschen beiseite und betasteten erkundungsfreudig meine erregt feuchte Zaubermuschel, glitten vorsichtig in sie hinein und entlockten mir damit kleine lustvolle Seufzer.

Ich genoss es, ließ mich ganz fallen, und als seine heiße Zunge seinen Fingern folgte, stand ich schon kurz vor dem Tor zum Paradies.

Unsere Finger und Münder verwöhnten sich gegenseitig und trieben sich zur Ekstase.

Das alte Eichenbett knarrte und ächzte zum Erbarmen. Solchen Naturgewalten waren die alten Eichen in den Jahrzehnten ihres Baumlebens bestimmt nie ausgesetzt gewesen. Seine heftigen Stöße nagelten mich förmlich auf dem Bett fest und seine hingebungsvollen Bemühungen bescherten mir einen unbeschreiblichen Höhepunkt.

Drei Monate später zog ich zu ihm.

Aus Herbst wurde Winter, ein kühler Frühling folgte. Wir waren verliebt und lebten glücklich in unserem kuscheligen Waldnest.

Mittlerweile wusste ich auch, dass er ein helles Köpfchen war, von wegen Waldschrat. Er hatte Forstwirtschaft an der Uni Göttingen studiert und wollte nach seinen zwei Jahren Referendarzeit in den höheren Forstdienst, vorher aber noch Auslandserfahrungen sammeln. Er begeisterte sich aber nicht nur für die Natur, sondern war unglaublich vielseitig interessiert, trieb Sport, las gerne und viel und kochte ziemlich gut.

Eines Tages rief er mich nachmittags an und sagte, dass er heute etwas Wichtiges mit mir besprechen wolle.

Auch ich wollte ihm an diesem Abend etwas erzählen, freute mich schon den ganzen Tag darauf, ihn zu überraschen.

„Es wird mir ermöglicht, für ein dreiviertel Jahr in Schweden Einblicke in einen Forstbetrieb zu bekommen, ist das nicht eine tolle Chance für mich?" Seine Augen leuchteten bei seiner Erzählung.

„Dort kann ich Erfahrungen in ökologischer Waldwirtschaft sammeln, die mir später von Nutzen sein können und moderne Verwaltungsstrukturen kennen lernen. Ich freu mich so darauf, meinen Horizont zu erweitern. Du freust dich doch auch, oder?"

Ich spürte einen Stich in meinem Herzen. So lange ohne ihn, ohne sein Lachen und seine Zärtlichkeit? Nicht mehr morgens, nach dem Aufwachen im warmen Bett an ihn geschmiegt dem Vogelzwitschern im Wald lauschen? Nicht mehr sehen, wie er nackt aus dem See stieg, in dem er auch schwamm, wenn ich schon nur vom Hinsehen fror? Nicht mehr das Eichenbett mit ihm zum Ächzen bringen?

Ich sah in seine strahlenden Augen, hörte seine Worte und wollte mich mit ihm freuen.

Versuchte, tapfer zu lächeln und versteckte meine geplante Überraschung in einer tiefen Seelenschublade. Seine

Entscheidung sollte nicht, aus welchen Gründen auch immer, beeinflusst werden.

„Ja, natürlich freue ich mich für dich." Die Worte fühlten sich in meinem Mund wie Essig an.

Würden unsere Liebe diese Zeit überstehen?

Die Monate kamen und gingen. Der Frühling schüttete sein grünbuntes Füllhorn aus. Rapsgelb , fliederlila und kirschblütenrosa. Ein warmer Sommer brachte roggengold, blattgrün und kirschrot auf die Farbpalette des Jahres und kastanienbraun und nebelgrau kamen dazu, als endlich der ersehnte Tag näher rückte.
Die unzähligen E-Mails, endlosen Telefonate und die unstillbare Sehnsucht hatten ein Ende.

In all der vergangenen Zeit hatte ich mein Geheimnis bewahrt, mir manchmal auf die Zunge gebissen, um es nicht kundzutun und in schlaflosen Nächten gegrübelt, ob meine Entscheidung richtig war. Fieberte dem Moment entgegen, ihm gegenüber zu treten und in seinem Gesicht die Reaktion darauf zu sehen.

Ich holte ihn vom Flughafen ab.
Er sah mich stehen, als er die Sperre durchschritt und seine Augen wurden wieder so dunkel wie bei unserem ersten Treffen, in unserer ersten Liebesnacht. Langsam kam er auf mich zu, ließ seine Reisetasche auf den Boden fallen und betrachtete mich einen Moment von oben bis unten, umarmte mich dann vorsichtig und zärtlich, küsste meine Augen und streichelte mit ungläubigem Blick meinen kugelrunden Babybauch.

Unsere Tochter Lesley wurde zwei Tage nach seiner Rückkehr geboren. Sie hat das Kupferhaar ihres Vaters und die Türkisaugen ihrer Mutter. Das kleine stille Waldhaus ist jetzt weder das eine noch das andere. Es wurde angebaut und vergrößert und das Eichenbett bekam eine kleine Wiege zur Schwester. Und mit der Stille ist es mit diesem kleinen Schreihals auch vorbei.

Und es ist gut, so wie es ist.

Liebesbrief

Mein geliebtes Fröschlein.

Warum hat das höhere Wesen dich erst jetzt in mein Leben geschubst?

Ich habe so viele Prinzen geküsst, aber alle sind zu Fröschen geworden. Ich habe gesucht, gewartet und gehofft. Habe gefunden, verloren und die Hoffnung schon fast aufgegeben. Fand einen Frosch, der niemals vorgab, etwas anderes zu sein.

Du hast mein Herz ganz zart in deine Hände genommen, um dich nicht an seinen Splittern und Scherben zu schneiden. Hast es behutsam wieder zusammengesetzt und mit Zärtlichkeit umwickelt.

Wollte nicht, dass du es behältst, aber Wiederworte wurden weg geküsst.

Am Morgen neben dir zu erwachen, in deine Augen zu schauen und dort nur unendliche Liebe zu sehen, heißt, den Tag sonnig zu beginnen, auch wenn Eisblumen am Fenster blühen.
Am Abend neben dir schlafen zu gehen, an dich geschmiegt, in deine Arme gekuschelt, lässt meine bösen Traumwesen in ihren dunklen Welten.

Du lässt mir die Freiheit die ich brauche, um meine Seele fliegen zu lassen und gibst mir die Sicherheit, dass du mich hältst, wenn ich, wieder einmal zu stürmisch, auf der Nase gelandet bin.
Deine Leidenschaft reißt mich mit wie ein Orkan, lässt mich

unglaubliche Lust empfinden und deine Anbetung mich glauben, eine Göttin zu sein.

So viele Jahre suchte ich nach etwas, das ich nicht fand. Als ich dir begegnete fand ich etwas, von dem ich nicht zu glauben gewagt hätte, dass es existiert.

Ich werde es niemals mehr loslassen.
Ich werde DICH niemals mehr loslassen.

G.

Inhaltsangabe

Teils frech-frivol, teils ernsthaft und ergreifend werden
Schicksale von Frauen oder Episoden in deren Leben
geschildert.
Ihre großen und kleinen Freuden oder Kümmernisse mit
Männern.
Begebenheiten und Zufälle, die das Leben schreibt und die
jeder von uns so passieren können.
Die Autorin hat zwei Söhne und lebt mit ihrem jüngsten Sohn
in einer Kleinstadt im Havelland.

Herstellung und Verlag:
Books on Demand GmbH, Norderstedt
ISBN 978-3-8391-9180-4